los TiPOS MALOS

en

SUPERMALOS

ORIGINALLY PUBLISHED IN ENGLISH AS *THE BAD GUYS IN SUPERBAD*

TRANSLATED BY ABEL BERRIZ

ISBN 978-1-338-79822-7

1 2021

PRINTED IN THE U.S.A.   23
FIRST SPANISH PRINTING, 2022

· AARON BLABEY ·

los TiPOS MALOS

en

SUPERMALOS

SCHOLASTIC INC.

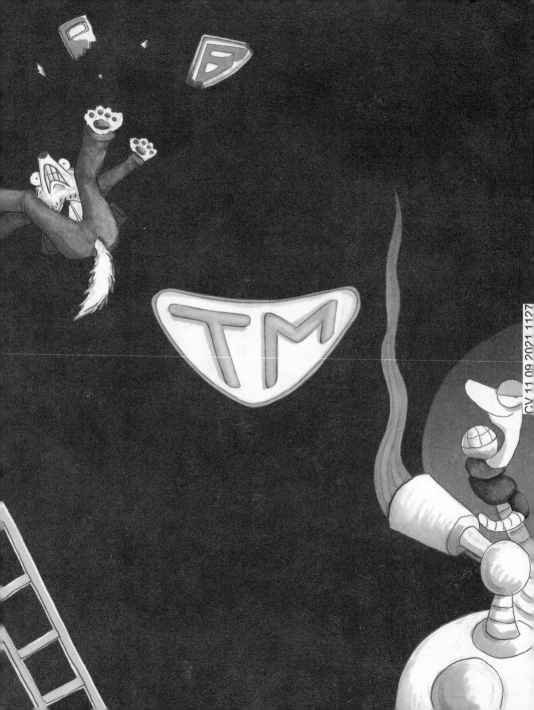

¡PONTE EN LA FILA!

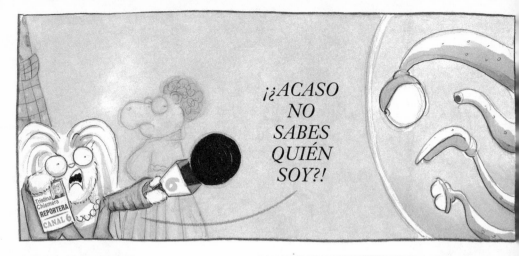

¡DEJEN A ESOS CIUDADANOS TRANQUILOS!

· CAPÍTULO 1 ·
REUNIÓN DE IDIOTAS

¡Es el
CLUB DE LOS TIPOS BUENOS!

¡Ah, sí!
Pero estamos trabajando en
un mejor nombre que suene
más chévere, señorita...

Olvídate de eso, hombre...

¡Sí! ¡Claro!
Se metieron con el planeta
equivocado, hermanos.
SÚPER VELOCIDAD...

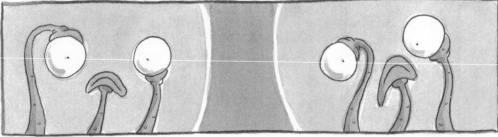

Ay, esto es vergonzoso…

¡NO! ¡Esas payasadas fueron solo un truco para distraer su atención de *ESTO!*

Socio, estás TOTALMENTE desnudo…

¡Suban al avión!
¡TODOS!
¡AHORA!

¡ZAZ!

¡ZAZ!

¡BUUM!

¡BUUM!

Sé que tienen
buenas intenciones, pero
necesitan nuestra ayuda.

Cuando terminemos con ustedes
estarán listos para enfrentarse a

CUALQUIER COSA.

¿Club de los Tipos Buenos?
Les presento a...

• CAPÍTULO 2 •
LA
LIGA

LES PRESENTAMOS
AL EQUIPO...

AGENTE ZORRA

NOMBRE: CLASIFICADO

HISTORIA PERSONAL: CLASIFICADO

EXPERTA en ESPIONAJE

EXPERTA en ARTES MARCIALES

HABLA 14 IDIOMAS

VEHÍCULO PREFERIDO: CUALQUIERA

AGENTE GATITA

NOMBRE: CLASIFICADO

HISTORIA PERSONAL: CLASIFICADO

EXPERTA en ARTES MARCIALES

DOCTORA en MEDICINA

PILOTO: PRIMERA CLASE

VEHÍCULO PREFERIDO: AVIÓN

AGENTE CERDUNIA

NOMBRE: CLASIFICADO

HISTORIA PERSONAL: CLASIFICADO

EXPERTA en DEMOLICIONES

ESPECIALISTA en COMBATE

VEHÍCULO PREFERIDO:
MOTOCICLETA

AGENTE PERDICIÓN

NOMBRE: CLASIFICADO
HISTORIA PERSONAL: CLASIFICADO
GENIO de las COMPUTADORAS
DOCTORA en BIOLOGÍA, QUÍMICA, FÍSICA, BIOINGENIERÍA Y FILOSOFÍA

Bah.

AGENTE MALGENIO

NOMBRE: CLASIFICADO

HISTORIA PERSONAL: CLASIFICADO

HABILIDADES: CLASIFICADO

· CAPÍTULO 3 ·
QUÉ ESTÁ PASANDO

Bienvenidos a nuestro

CUARTEL SECRETO.

Ahora que saben un poquito de nosotras,

hablemos sobre **USTEDES.**

Sr. Lobo, Sr. Culebra, Sr. Tiburón y Sr. Piraña:

la Liga Internacional de Héroes está

al corriente de su trabajo, y

todas hemos sido informadas de sus...

NUEVOS TALENTOS.

También quisiera presentarle mi equipo
a otro miembro muy especial del
Club de los Tipos Buenos:

¡PATAS!

¿Patas?
¿Estás bien?
No te ves tan
alegre como
siempre.

¿Eh?
Sí.
Estoy bien.
Muy BIEN.

¡Le gusta que lo llamen Sr. Tarántula!

¡Ah! Lo siento, Sr. Tarántula…

Sí, sí,

¡COMO TÚ DIGAS!

Está… bien…

Sí, eso ocurrió de verdad.

En serio, ¿soy la única a la que él le da miedo?

Bueeeno, es obvio que algo muy inusual les ocurrió a todos cuando atravesaron el **VÓRTICE.**

Milton se volvió **HIPER-INTELIGENTE...**

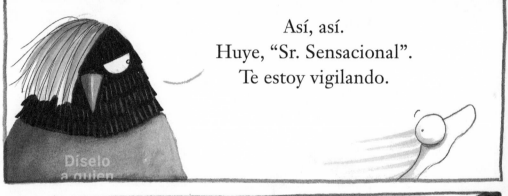

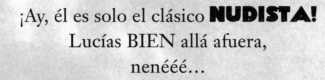

¡Ay, él es solo el clásico **NUDISTA!**
Lucías BIEN allá afuera,
nenééé…

Sé buena, Agente Cerdunia.

Como todos sabemos, el Sr. Lobo tiene
SÚPER FUERZA.

Sin embargo, desgraciadamente hay un **PROBLEMA.** Aparte de Milton, ninguno es capaz de **CONTROLAR** sus poderes...

¡TENGO PODERES! **¡LOS TENGO!** ¡Y LOS *PUEDO CONTROLAR!* *¡MIREN!* TENGO **INCREÍBLES PODERES DE ARAÑA...**

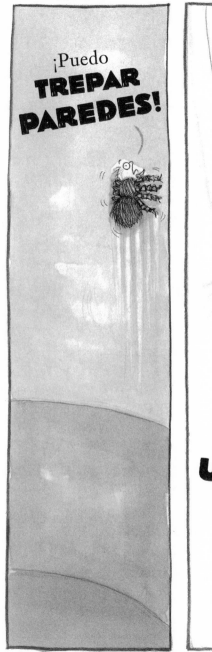

Este… creo que de eso
se trata

SER UNA ARAÑA,

¿no es así?

Sí, socio.
Así es.

¡Pero por eso es que TE QUEREMOS,
chico! ¡Eres el **MISMO**

SR. TARÁNTULA
DE SIEMPRE!

Cielos, me apena verte así.

Si *tuviera* que elaborar una hipótesis de por qué no te transformaste como nosotros, sugeriría la *posibilidad* de que hayas pasado por el vórtice **ANTES** de que tu amigo boliviano encendiera el **MOTOR DE MEJORA...**

¡CÓMO TE *ATREVES*!
¡Yo no encendí NINGUNA COSA!

¿Estás seguro?
Probablemente decía
NO PRESIONAR o
algo por el estilo…

¡Miren!
Una nube con
forma de cacahuete…

¿Te gustan los cacahuetes?
¿Por qué no salimos esta noche y nos
comemos una caja de cacahuetes?

Eso suena **DIVERTIDO.**
Apuesto a que
también bailas bien.
¿Quieres ir a bailar?

Realmente no importa **CÓMO** se transformaron. Lo que importa es que tienen poderes que, **BIEN EMPLEADOS,** podrían ayudar a derrotar las terribles **FUERZAS ALIENÍGENAS** que avanzan por el planeta.

No voy a mentir, la situación no pinta bien...

Sus **NAVES NODRIZA** se han posado sobre todas las grandes ciudades.

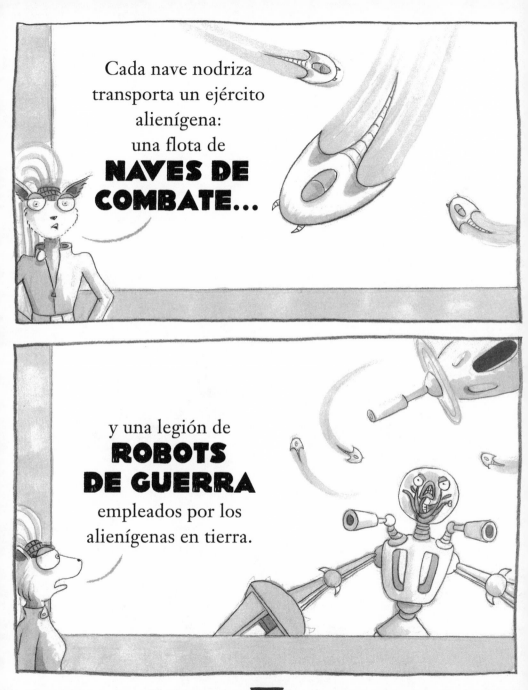

Cada nave nodriza
transporta un ejército
alienígena:
una flota de
**NAVES DE
COMBATE...**

y una legión de
**ROBOTS
DE GUERRA**
empleados por los
alienígenas en tierra.

Los alienígenas pueden

CAMBIAR DE TAMAÑO A VOLUNTAD.

Pueden ser enormes en un momento y luego encogerse para

caber en la cabina de un **ROBOT DE GUERRA.**

Así fue como **MERMELADA**

se disfrazó de conejillo de Indias.

Son ALTAMENTE AVANZADOS.

Son HOSTILES.

Y están **EN TODAS PARTES.**

En ese caso, mejor pongo mi **ENORME CEREBRO** a trabajar en un **PLAN.**

PERO…
¡necesitaré un asistente!
Y solo hay un nombre
en mi lista:
¡SR. TARÁNTULA,
te necesito!
Sospecho que serás más
importante para nuestra
supervivencia de lo
que crees…

Está bien,
como *tú digas*.

¡Madre mía!
¡Me acabo de dar
cuenta de que no
tienes pantalones!

Sí, bueno, acostúmbrate.

Mientras tanto, ustedes…

63

· CAPÍTULO 4 ·
SÉ UNA TAZA DE TÉ

Primera lección:
NO ME HAGAS ENOJAR.

Pero ¿podrás ser una taza de té...

cuando haga falta?

¡FSSSSSSSSSS!

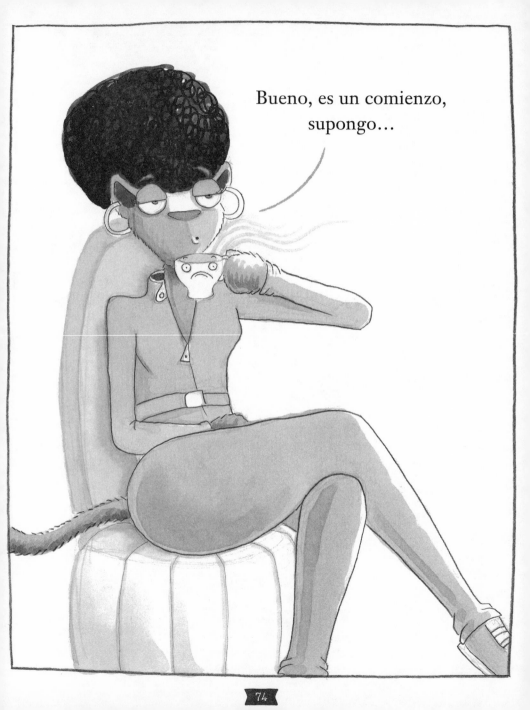

· CAPÍTULO 5 ·
¡GIRA! ¡GIRA! ¡GIRA!

¡¿Qué pasa aquí?!
¿Por qué estamos en esta
DIMINUTA HABITACIÓN DE METAL?

¿En serio? ¿Cómo se llama?

PERSECUCIÓN DEL CERDO

¿Cómo... se juega?

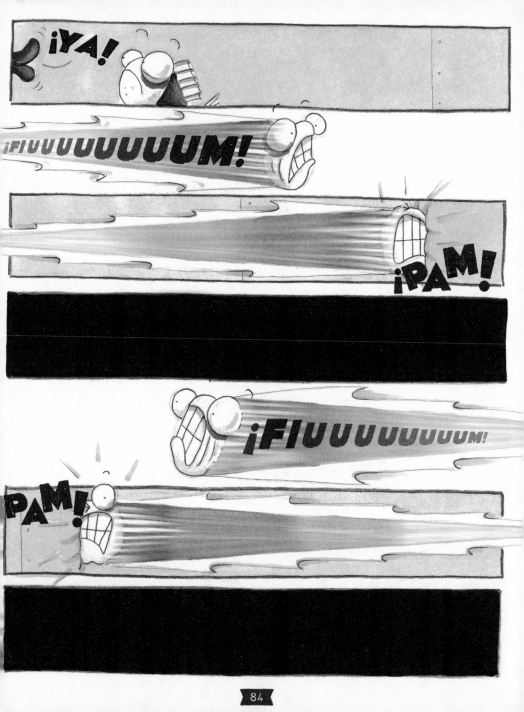

¡¡CATAPLÁN!!

¡¿Pinchos?!

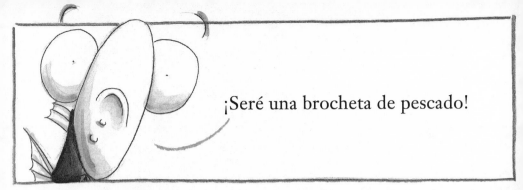

¡Seré una brocheta de pescado!

¿Crees que voy a dejar
que eso te pase?
Yo *creo* en ti, belleza.
Solo tienes que

GIRAR.

SÉ que puedes hacerlo.

¡YA!

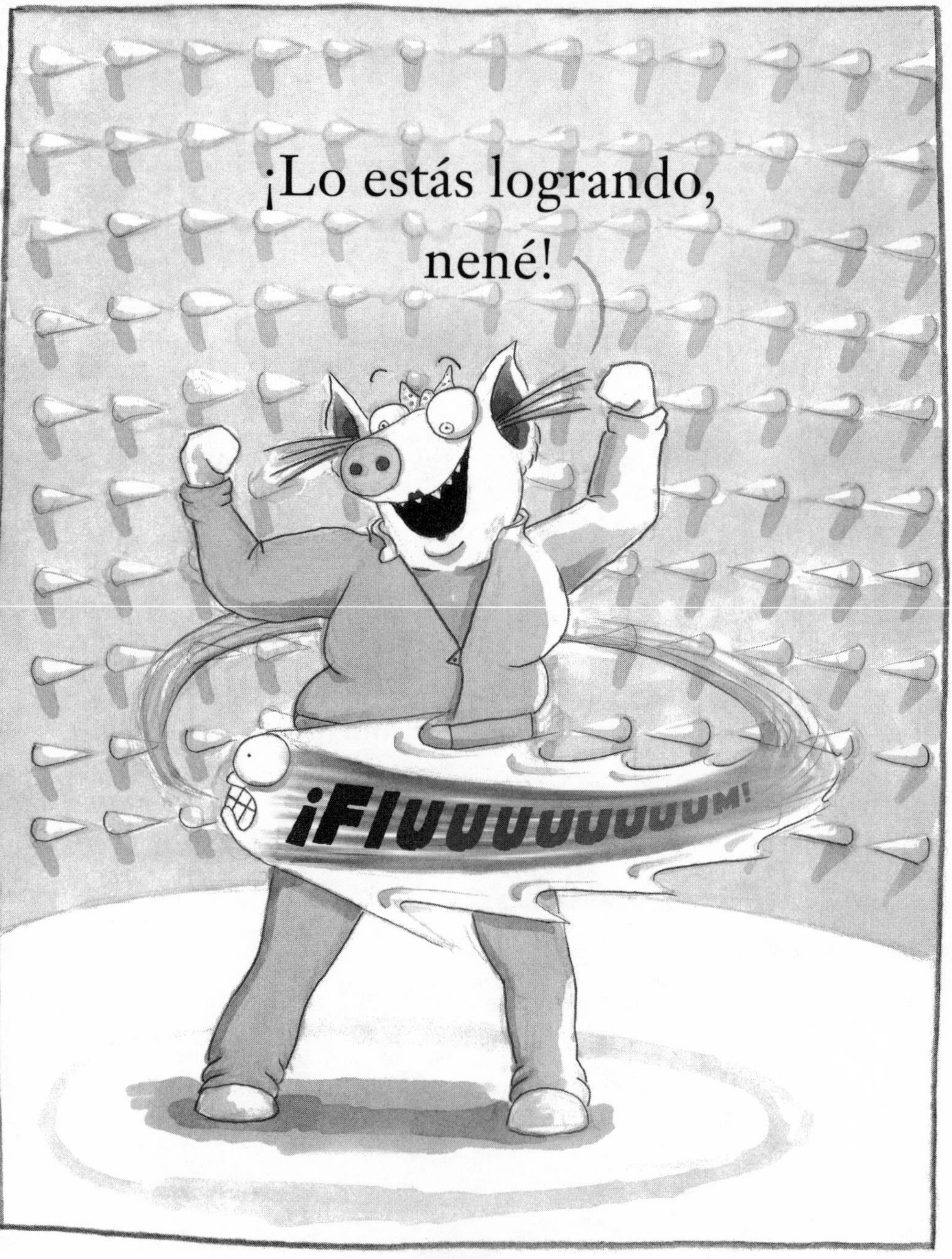
¡Lo estás logrando,
nené!
¡FIUUUUUUUUM!

· CAPÍTULO 6 ·
LAS
CHICAS MALAS

Sí.
Bueno, he visto cosas mejores.

Nah.

Sí, claro.
Cualquiera puede alzar un
REFRIGERADOR,
una **SIERRA** y una
AGENTE SECRETA
en el aire solo con la
MENTE...

Así que… por qué no hacemos que la Agente Zorra cante una ópera…

Y encendamos la sierra…

¡¡BRRRRUUUM!!

¡¡BRRRRUUUM!!

BOSTEZO

Nah

¿Por qué ella tiene que ser tan **NEGATIVA?**

¿Por qué crees que la llamamos **AGENTE PERDICIÓN?**

No lo entiendo. ¿Qué le pasa?

Ella solo intenta enfadarte, Sr. Culebra. Para ver cómo reaccionas.

Sí, ya entiendo.

USTEDES, BRILLANTES HEROÍNAS,

piensan que NO VALEMOS NADA, ¿no?
Solo somos un montón de maleantes, ¿cierto?

No creen que seamos lo suficientemente buenos.
Ninguna lo cree.

Pero déjame decirte algo:

Ustedes NO me conocen.

NO SABEN

NADA

DE MÍ.

Sr. Culebra, en el lugar donde nací cazan **ZORROS** por diversión. Porque piensan que somos ladrones despreciables que no merecemos vivir.

Cuando yo era pequeña...

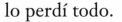

lo perdí todo.

Y la mayor parte de mi vida la pasé enojada.

Igual que tú.

¿Y la **AGENTE GATITA?**

Bueno, cuando era niña le dijeron que no podía jugar con los demás niños porque era un poco **SALVAJE.**

A la larga eso también la hizo enojar.

Y a la **AGENTE CERDUNIA**
le *dijeron* toda su vida que era mala.
Y, ¿sabes qué?
Ella empezó a *comportarse* como si lo fuera.

A la **AGENTE PERDICIÓN**
la molestaban a diario
por ser "rara"…

Y nadie quería
acercarse a la
AGENTE MALGENIO.
Jamás.

Pero entonces, por algún razón,
nos encontramos unas a otras.

E hicimos un pacto.

Decidimos convertir todo nuestro dolor y nuestro enojo y nuestro miedo en algo **BUENO.**

En lugar de intentar herir a los que nos hirieron, decidimos tratar de **PROTEGER A LOS DESVALIDOS.**

Así que, ¿lo ves, Sr. Culebra?

Somos como ustedes.

CAPÍTULO 7

LA PRUEBA FINAL

Se estiran tanto como te haga falta, mayor Gran Trasero.

SUPERELÁSTICOS

Guárdalos por ahora, Sr. Lobo. Hay algo que ustedes tienen que hacer primero…

UN POCO DESPUÉS...

¿Eh?

Este es su
ÚLTIMO EJERCICIO DE ENTRENAMIENTO.
Es sencillo: *metan a la Agente Malgenio en la caja.*
Buena suerte, señores.

Ay, hombre, me preocupé por un segundo.
Bien, Agente Malgenio, podemos hacerlo **POR LAS BUENAS** o...

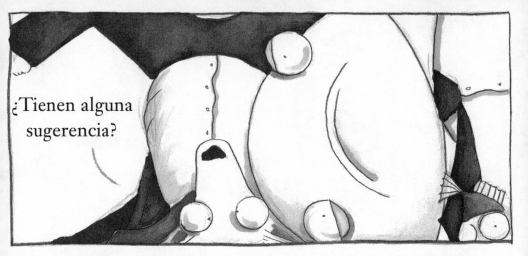

¿Tienen alguna sugerencia?

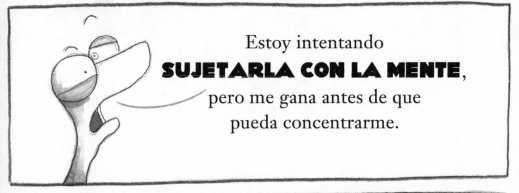

Estoy intentando **SUJETARLA CON LA MENTE**, pero me gana antes de que pueda concentrarme.

Es demasiado rápida y fuerte. Ninguno de nosotros puede vencerla **SOLO.**

¡Toma esto, Malgenio! ¡No me atraparás!

Y mientras él la distrae…

· CAPÍTULO 8 ·
UN PLAN MARAVILLOSO

OPERACIÓN TARÁNTULA

Señoras y señores, he ideado un **PLAN** que nos dará
la ventaja en la lucha contra las Fuerzas Alienígenas.
¡Lo he llamado *Operación Tarántula*!

No es por criticar, pero ¿lo llamaste así por el único tipo sin superpoderes?

¿En serio?

NOSOTRAS no tenemos superpoderes. ¡¿Tienes algún problema con ESO?!

¡Es elemental! El Sr. Tarántula es el **ÚNICO** en esta habitación capaz de **MANEJAR UNA NAVE ALIENÍGENA,** ¿no es así?

No. Yo también podría hacerlo.

Y **OPERACIÓN PERDICIÓN** sonaría mucho más genial.

Hum. Pero ¿eres lo suficientemente pequeña para colarte al puente de mando de la nave nodriza **SIN QUE TE VEAN?**

¡NO! ¡*NO* LO ERES!

La **ÚNICA** manera de detener a los alienígenas es tomar el control de su nave nodriza y volverla en su contra. ¡Por tanto! La misión consiste en **COLAR AL SR. TARÁNTULA A BORDO,** de cualquier manera.

Pero ¿y los alienígenas que están **A BORDO?** ¿Quién protegerá a Patas? No puede ir solo...

Oh, no, querido. No irá solo...

¿No es así, Agente Malgenio?

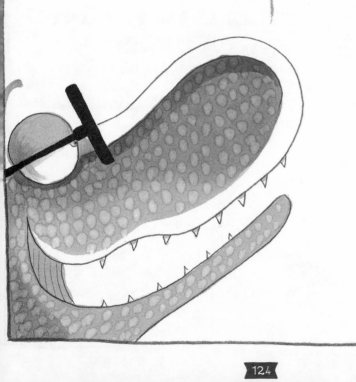

¡ASIENTE!

¡ASIENTE!

Sí…
eso podría
funcionar.

A mí me parece bien.

MI EQUIPO
se encargará de los
alienígenas aquí en la
superficie. Los
mantendremos ocupados.

¿Sr. Lobo?
Tu equipo se encargará de infiltrar a la

AGENTE MALGENIO
y al **SR. TARÁNTULA**
en esa **NAVE NODRIZA.**

· CAPÍTULO 9 ·

TREMENDO LÍO

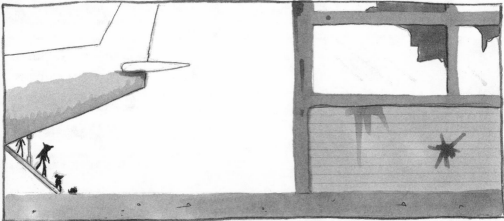

Hombre,
lo de ustedes
es mucho.

Pero ¿saben qué?

No duraríamos ni
cinco minutos sin ustedes.

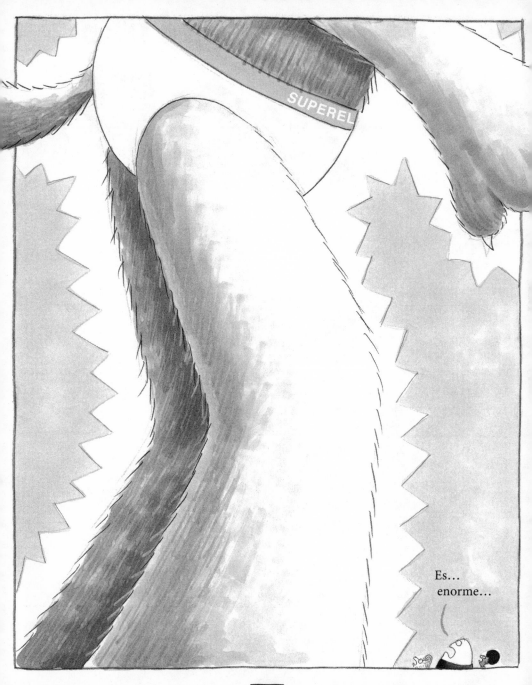

SOBRE EL AUTOR

AARON BLABEY solía ser un actor espantoso. Luego escribió comerciales de televisión irritantes. Luego enseñó arte a gente que era mucho mejor que él. Y LUEGO, decidió escribir libros y adivina qué pasó. Sus libros ganaron muchos tipos de premios, muchos se convirtieron en *bestsellers* y él cayó de rodillas y gritó: "¡Ser escritor es increíble! ¡Creo que me voy a dedicar a *esto*!". Aaron vive en una montaña australiana con su esposa, sus tres hijos y una piscina llena de enormes tiburones blancos. Bueno, no, eso es mentira. Solo tiene dos hijos.